KING'S
GAME
extreme
3
Dessin : Renji Kuriyama
Scénario : Nobuaki Kanazawa

LISTE DES ÉLÈVES - CLASSE DE PREMIÈRE 1			
1	Kenta AKAMATSU	17	~~Misa TAKAMURA~~
2	~~Asuka IGUCHI~~	18	~~Nanami TAKUMI~~
3	~~Hanako IKETANI~~	19	~~Ayumi TANIKAWA~~
4	~~Masahiko INABA~~	20	Teruaki NAGATA
5	~~Yuki UEMATSU~~	21	~~Shô HASEGAWA~~
6	Masatoshi ÔI	22	~~Aoi HARUNA~~
7	Nobuaki KANAZAWA	23	Tsubasa FURUSAWA
8	Aya KURAMOTO	24	Natsuko HONDA
9	~~Daiki KUROSAWA~~	25	Aya MATSUOKA
10	Yûna KOBAYASHI	26	Riona MATSUMOTO
11	~~Toshifumi SAKAKIBARA~~	27	~~Hayato MIDORIKAWA~~
12	Takuya SAKAMOTO	28	Rina MINAMI
13	~~Megumi SAKURAI~~	29	Aimi MURAZUMI
14	~~Yûichi SATÔ~~	30	Haruka MOMOKI
15	~~Tatsuya JINBA~~	31	Mizuki YUKIMURA
16	Ryô SUGISAWA		

LYCÉE PRÉFECTORAL DE GOKÔ,
CLASSE DE PREMIÈRE 1
1 Kenta AKAMATSU
2 Asuka IGUCHI
3 Hanako IKETANI
4 Masahiko INABA
5 Yuki UEMATSU
6 Masatoshi ÔI
7 Nobuaki KANAZAWA
8 Aya KURAMOTO
9 Daiki KUROSAWA
10 Yûna KOBAYASHI
11 Toshifumi SAKAKIBARA
12 Takuya SAKAMOTO
13 Megumi SAKURAI
14 Yûichi SATÔ
15 Tatsuya JINBA
16 Ryô SUGISAWA
17 Misa TAKAMURA
18 Nanami TAKUMI
19 Ayumi TANIKAWA
20 Teruaki NAGATA
21 Shô HASEGAWA
22 Ani HARUNA
23 Tsubasa FURUSAWA
24 Natsuko HONDA
25 Aya MATSUOKA
26 Riona MATSUMOTO
27 Hayato MIDORIKAWA
28 Rina MINAMI
29 Aimi MURAZUMI
30 Haruka MOMOKI
31 Mizuki YUKIMURA

KING'S GAME
EXTREME

"NATSUKO, JE SUIS DÉSOLÉ DE TE LAISSER SEULE SOUS CE TORII..."
"JE QUITTE CETTE TERRE DE MALHEUR POUR REJOINDRE MA FILLE. C'EST MA SEULE EXPIATION POSSIBLE EN TANT QUE PÈRE..."
CET ENDROIT...
C'EST UN CIMETIÈRE !

FRSH
MONSIEUR HONDA, J'ESPÈRE VRAIMENT...
QUE VOUS NOUS AVEZ LAISSÉ UN INDICE QUI NOUS PERMETTRA DE METTRE FIN À CE MASSACRE !
FRSH
FRSH
CRAC
VSH

GLOUPS
FRSH
FRSH
!
BRRR
C'EST QUOI...
CE TRUC ?

ENCORE UN TORII ?
ET UN LAPIN EN PELUCHE ?
BIZARRE...
CETTE STÈLE DÉTONNE AVEC LE RESTE...
"DÉSOLÉ DE TE LAISSER SEULE SOUS CE TORII..."
EST-CE QUE C'EST DE ÇA QU'IL PARLAIT ?

CRR
CRR
ALLEZ, RIEN QU'UN INDICE !
JE VOUS EN SUPPLIE !!
VSH
VSH
VSH
FRSH
JE SUIS TOMBÉ SUR QUELQUE CHOSE !
!
FRSH
FRSH
GLOUPS

MAIS C'EST...
UN...
UN CRÂNE HUMAIN...

VRSH
VRSH
VRSH
PLOF
EST-CE QUE CE SERAIT CELUI DE CETTE NATSUKO ?
PARFOIS, PEUT-ÊTRE QU'IL VAUT MIEUX NE PAS TROP REMUER LE PASSÉ...

ELLE AUSSI...
ELLE A DÛ PARTICIPER À UN JEU DU ROI...
ET ELLE EST RESTÉE SEULE ICI PENDANT TOUT CE TEMPS...
TAC
JE SUIS VRAIMENT DÉSOLÉ...
D'AVOIR TROUBLÉ TON REPOS ...
EST-CE QUE...
J'AI FAIT LE VOYAGE POUR RIEN ?
NATSUKO !
NATSUKO ?

LE PÈRE DE CHIEMI EST CENSÉ ÊTRE LE SEUL SURVIVANT DU JEU DU ROI DE YONAKI...
SAUF QUE SI ON EN CROIT NATSUKO...
QUELQU'UN DE SA FAMILLE A LUI AUSSI PARTICIPÉ À CE JEU DU ROI... ET A SURVÉCU !

MAIS NON...
IL Y AURAIT DONC EU DEUX SURVIVANTS... EST-CE QUE CE N'EST PAS CONTRADICTOIRE ?
BOBOM
BOBOM
C'EST QU'IL EST POSSIBLE QUE PLUSIEURS PERSONNES S'EN SORTENT !
RÉFLÉCHIS ! SI C'EST UN FAIT AVÉRÉ...
BOBOM

ドク
BOBOM
AUTREMENT DIT, ON A UNE CHANCE...

FIUUU
ア
BOBOM
ドキン
ドキン
BOBOM

VSH

COMMENT ÇA, ME DIRE ADIEU ?
QU'EST-CE QUE TU ME CHANTES ?

EN FAIT, JE COMPTAIS M'EN ALLER SANS UN MOT...
MAIS JE N'AI PAS PU M'EMPÊCHER DE REVENIR TE VOIR...
JE N'AI VRAIMENT AUCUNE VOLONTÉ !
UN AMOUR QUI NAÎT DANS UNE SITUATION DE CRISE N'A AUCUN AVENIR...
IL EST AUSSI ÉPHÉMÈRE QU'UN RÊVE...
TU SAVAIS QU'ON POUVAIT S'ENVOYER DES MESSAGES À SOI-MÊME ?
CRR
ALORS C'EST CE QUE JE VAIS FAIRE... POUR TE SAUVER !
!

ARRÊTE, IDIOTE !
J'AI DÉJÀ PRIS MA DÉCISION !
J'ENVERRAI LE DEUXIÈME À NATSUKO...
C'EST TOUT CE QU'ELLE MÉRITE !
ELLE T'A FAIT DU MAL...
ET ELLE...
BRRR
ELLE VOULAIT ME POUSSER À TE TUER !
MIZUKI...

S'IL TE PLAÎT...
DIS-MOI QUE TU ME TROUVES JOLIE...
TANT PIS SI CE N'EST PAS SINCÈRE !
QU...
QU'EST-CE QUI TE PREND ?! JE NE PEUX PAS SORTIR DES TRUCS PAREILS SUR COMMANDE !
JE TE RÉPÈTE QUE TU N'ES PAS OBLIGÉ D'ÊTRE SIN-CÈRE...
ANDOUILLE !
MAIS BON, ÇA FAIT PARTIE DES CHOSES QUE J'AIME CHEZ TOI...
HEIN ?!
OUI...
JE T'AIME !

ON NE PEUT PAS DIRE QUE TU SOIS VRAIMENT BEAU GOSSE...
MAIS TU ES QUELQU'UN SUR QUI ON PEUT COMPTER...
ET TOI...
QU'EST-CE QUE TU PENSES DE MOI ?
EXPRIMER MES SENTIMENTS... MOI, TU VOIS, J'AI DU MAL...
JE NE SAIS JAMAIS QUOI RÉPONDRE DANS CES MOMENTS-LÀ !
C'EST FACILE !
TU N'AS QU'À AVOUER CE QUE TU RESSENS !

FRSH
FRSH
JE... JE...
AAAH, RIEN À FAIRE ! JE N'Y ARRIVE PAS !
PARDON ...
FRSH
JE TE METS DANS L'EMBARRAS AVEC MES HISTOIRES...
FSH
?!
TING

CRR
AU REVOIR...
KENTA !
VSH
ATTENDS !
MIZUKI !
REVIENS !
BOBOM
BOBOM
ON NE PEUT PAS EN RESTER LÀ...
C'EST PATHÉTIQUE !!

GH...
JE NE T'AI...
PAS ENCORE RÉPONDU !
TAP
TAP
TAP
JE SUIS HEUREUSE ...
D'AVOIR PU PASSER CES QUELQUES HEURES AVEC TOI !
MAINTENANT QUE TU AS DÉBALLÉ CE QUE TU AVAIS SUR LE CŒUR, NE T'ENFUIS PAS SANS DEMANDER TON RESTE !
C'EST DE LA TRICHE !

J'AI PU TE FAIRE MES ADIEUX...
DE TOUTE FAÇON, ON NE SE PARLERA PLUS JAMAIS !
ÇA ME SUFFIT !
JE VOULAIS JUSTE VOIR TON VISAGE UNE DERNIÈRE FOIS !!
VSH
VSH
C'ÉTAIT UN CAPRICE, PARDONNE-MOI !!
GRR

PAF
VSH
VSH
ARRÊTE !
LÂCHE-MOI !
CRR
LAISSE-MOI PARTIR !
JE NE PEUX PAS ENVOYER MES MESSAGES D'ICI, JE DOIS TROUVER DU RÉSEAU !!

ATTENDS, JE TE DIS !
JE NE TE LÂCHERAI PAS !
C'EST TOI QUI TRICHES, DE ME RETENIR DANS TES BRAS...
ALORS QUE JE SUIS MOINS FORTE QUE TOI !

TU VEUX QUE JE TE MONTRE QUE LES SENTIMENTS QUI NAISSENT DANS DES SITUATIONS DE CRISE ONT UN AVENIR ?
QU'EST-CE QUE TU VEUX DIRE ?
FUIT
ぱ
JE SUIS TROP BÊTE POUR COMPRENDRE !
FUIT
VOILÀ CE QUE JE VEUX DIRE...

JE SUIS HEUREUSE ...
MAINTENANT, JE PEUX TOUT T'AVOUER...
ÉCOUTE MOI...
QUOI ?
KENTA... JE T'AIME TELLEMENT !

SI ON MOURRAIT ENSEMBLE ?

TU VAS SOUFFRIR, SI TU CONTINUES LE JEU...
JE VAIS TE DÉLIVRER...
TE PROTÉGER ...
DU CHAGRIN...
ET DE LA DOULEUR !!

QU'EST-CE QUE TU RACONTES ?
TU N'AS PAS PERCUTÉ ?
SI JE M'ENVOIE UN MESSAGE ...
JE MEURS !
GLOUPS
ET SI J'Y PASSE, TU MEURS AUSSI...
COMME ÇA...
TES DERNIÈRES ACTIONS AURONT ÉTÉ DE ME PROTÉGER ET DE ME SERRER DANS TES BRAS...

VRSH
ゆさ
VRSH
ゆさ
EH OH ! TU T'ENTENDS PARLER ?
TU NE TROUVES PAS ÇA ROMANTIQUE ?
C'EST BEAU, NON ?!
TU DÉBLOQUES ?!
REPRENDS-TOI !!
SCELLONS NOTRE AMOUR ...
POUR TOUJOURS !

PLOF
COMME ÇA, PLUS PERSONNE NE SE METTRA ENTRE NOUS !
TU FAIS FAUSSE ROUTE !
C'EST HORS DE QUESTION !!
!
FSH
S'IL TE PLAÎT...

C'EST LA SEULE FAÇON DE RENDRE NOTRE AMOUR ÉTERNEL... DE LUI DONNER UN AVENIR !
TU MÉLANGES TOUT !
QUAND ON MEURT, TOUT EST FINI !!
?
MAIS NON !
ÉVIDEMMENT QUE SI !
C'EST PARCE QU'ON EST EN VIE QU'ON PEUT RESSENTIR DE LA JOIE, DE LA TENDRESSE OU DE L'AMOUR, NON ?!

OUVRE LES YEUX !
FSH
TANT PIS...
JE PENSAIS QUE TU COMPRENDRAIS...
PAF
JE VAIS DEVOIR Y ALLER...
OU JE NE POURRAI PAS ENVOYER MES DEUX MESSAGES À TEMPS !
FRSH
MIZU...
JE T'AIME, KENTA !

PAF
A...
TAP
TAP
TAP
ATTENDS !!
PLOF
PAF

QU'EST-CE QU...
FUIT
DÉSOLÉ...
PARDONNE-MOI...
TAP

04/06 23:29
23:29
OK
RETOU
CLAP
カチャ
OUF... JE SUIS DANS LES TEMPS !
MAINTENANT, ÇA DEVRAIT MARCHER...
FSH
ゴソ

23:31
TO
NATSUKO HONDA
TO
KENTA AKAMATSU
SUB
ATT
TEXT
MEURS.
CLEAR
TAC
TAC
FSH
MIZUKI ...
FUIT
TING
POURVU QUE LE ROI RECONNAISSE MIZUKI COMME EXPÉDITRICE...
23:31
ENVOI

VIS POUR MOI AUSSI, D'ACCORD ?!
JE NE SOUHAITE QUE TON BONHEUR...
ALORS APRÈS MA MORT, OUBLIE TES IDÉES BIZARRES !

CLAP
DEUX MESSAGES REÇUS...
04/06 23:33
BOÎTE DE RÉCEPTION
0001 04/06 23:32 ROI JEU DU ROI
0002 04/06 23:32 MIZUKI YUKIMURA (PAS DE TITRE)
0003 04/06 21:15 ROI JEU DU ROI
LE PREMIER EST DE MIZUKI...
"MEURS"...
LE DEUXIÈME, DU ROI...
"L'ORDRE A BIEN ÉTÉ EXÉCUTÉ"... ÇA DOIT VOULOIR DIRE QUE J'AI RÉUSSI À LA PROTÉGER COMME JE LE DEVAIS...
ELLE EST HORS DE DANGER, MAINTENANT...
MOI QUI LUI REPROCHAIS SES IDÉES SUICIDAIRES... AU FINAL, JE FAIS LA MÊME CHOSE QU'ELLE !
FSH
DÉSOLÉ, NOBUAKI...
JE NE T'AURAI SERVI À RIEN...

HSH
ALORS JE COMPTE SUR TOI POUR LA SUITE !!
OUF !
JE SUIS REVENU AU VILLAGE !
J'ESPÈRE QUE KENTA A RETROUVÉ MIZUKI !
SI ON NE QUITTE PAS CET ENDROIT TRÈS VITE...
!
C'EST QUOI, CETTE LUMIÈRE ?
UN PORTABLE ? UNE LAMPE ?
CE SERAIENT LES AUTRES ?
MAIS QU'EST-CE QU'ELLE FERAIT LÀ-HAUT ?

!
JE ME DEMANDE BIEN CE QU'ILS FICHENT LÀ-BAS !
UNE ANTENNE-RELAIS ?!
EST-CE QUE KENTA COMPTE FORCER MIZUKI À ENVOYER SES MESSAGES ?!
NATSUKO ET TSU-BASA ?!
MAIS À QUI ?
J'EN AI PROFI-TÉ POUR CHANGER DE MO-DÈLE...
QU'EST-CE QUE JE DOIS FAIRE, MAINTE-NANT ?
SI ON ATTENDAIT DE VOIR ?
OUI, JE SUIS D'AC-CORD...
EST-CE QUE KENTA PENSE À LA MÊME CHOSE QUE MOI ?

BON SANG...
NE ME DITES PAS QU'IL COMPTE SE SACRIFIER ?!
KENTA !! NE FAIS PAS ÇA !

HÔPITAL DES ACCIDENTS DU TRAVAIL DE HIROSHIMA
HÔPITAL DES ACCIDENTS DU TRAVAIL DE HIROSHIMA
TIC
TAC
207
FURUSAWA TSUBASA

CRIII
...
TSUBASA ?
HARUKA MOMOKI, ÉLÈVE N° 30.

IL... IL EST MORT ?!
04/06 23:35
FROM
SUB
ATT
TEXT
ROI
JEU DU ROI
L'ÉLÈVE Nº 23, TSUBASA
DOIT TOUCHER LA POIT
ÈLÈVE Nº 30, HARUK
OH NON, QU'EST-CE QUE JE VAIS FAIRE ?!
S'IL NE ME TOUCHE PAS, JE VAIS RECEVOIR UN GAGE !
GH...
MORT OU PAS, IL FAUT TENTER LE COUP...
PLOF
IL SUFFIT PEUT-ÊTRE D'UN CONTACT...
BOBOM
BOBOM

POUR QUE...
FSH
AH...
JE PUISSE SURVIVRE !!
ALLÔ ?

CLUB D'ATHLÉTISME
ALORS, COMMENT ÇA S'EST PASSÉ ?
TSUBASA ÉTAIT DÉJÀ MORT, MAIS J'AI QUAND MÊME FAIT EN SORTE QU'IL ME TOUCHE…
DANS CE CAS, TOUT VA BIEN…
TU ES TIRÉE D'AFFAIRE !
OUI, TU DOIS AVOIR RAISON… MERCI POUR TOUT, NATSUKO !
MAIS DE RIEN !

DEUX HEURES PLUS TÔT...
ビクッ
GLOURS
?!
QUI EST LÀ ?!

DÉSOLÉE, JE NE VOULAIS PAS TE FAIRE PEUR…
JE SUIS DANS LA MÊME CLASSE QUE TSUBASA… JE M'APPELLE AYA KURAMOTO !
AYA KURAMOTO, ÉLÈVE N° 8.
AH BON ?
MAIS …
COMMENT TU AS APPRIS QU'IL ÉTAIT ICI ?
À VRAI DIRE, ON SORT ENSEMBLE …
C'EST UN COPAIN QUI M'A PRÉVENUE !
AH…
NOBUAKI, JE SUPPOSE…
DÉCIDÉMENT, TU AS DE BONS AMIS, TSUBASA !
…
EUH… JE VAIS VEILLER SUR LUI…
PROFITES-EN POUR TE REPOSER !

ÇA NE TE DÉRANGE PAS ?
DANS CE CAS, JE VEUX BIEN TE PRENDRE AU MOT !
JE VAIS ALLER FAIRE UNE SIESTE ET LUI CHERCHER DES VÊTEMENTS DE RECHANGE...
FSH
D'ACCORD !
CR!!!
CLAC

FLOP
FLOP
TSUBASA ...
TU COM-PRENDS...
FLOP
JE N'AI PAS ENVIE DE MOURIR...
ALORS...

TU VEUX BIEN...
DEVENIR QUELQUE CHOSE DE PRÉCIEUX POUR MOI ?

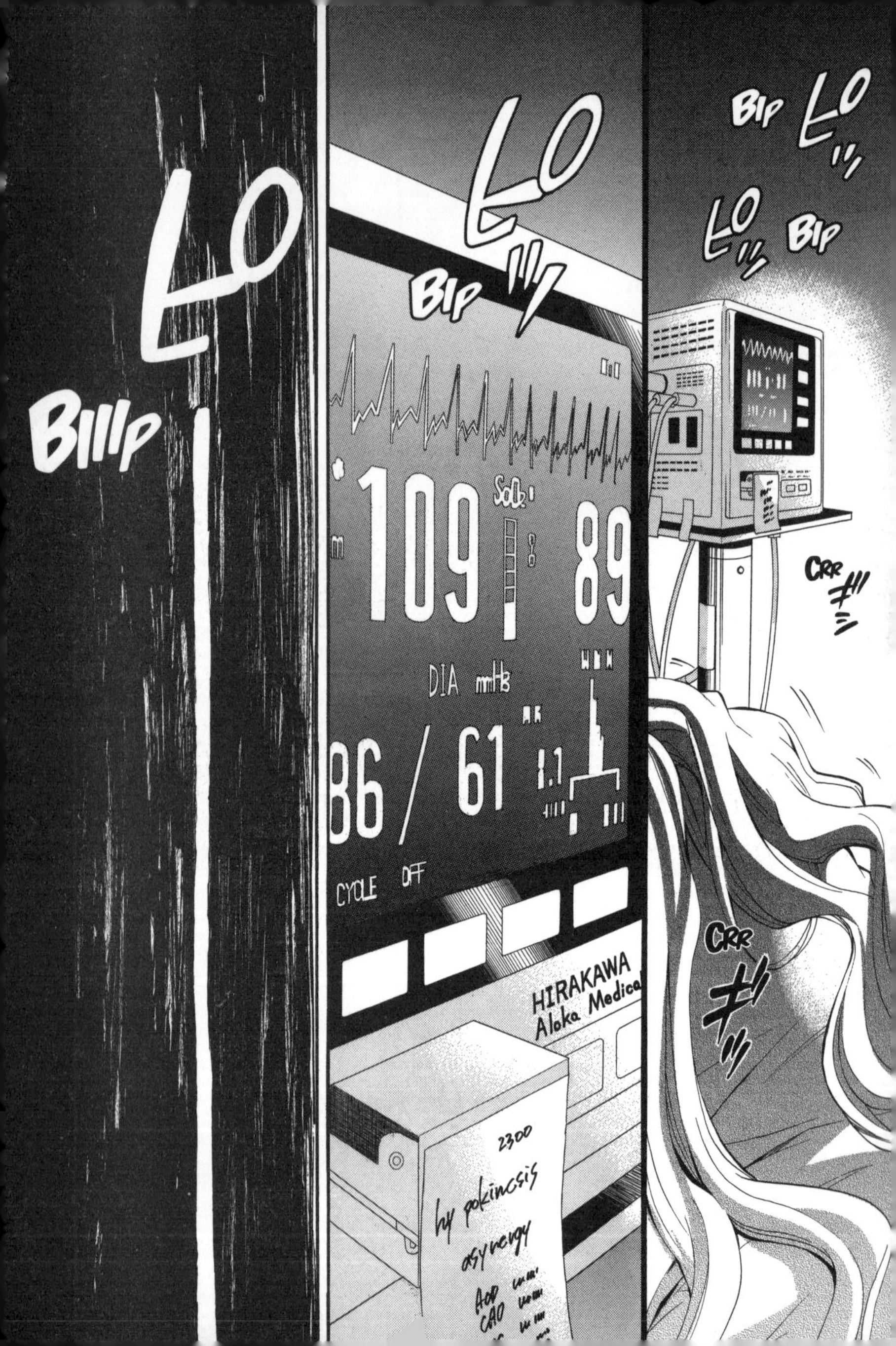
BIP ピッ
ピッ BIP
CRR ギッ
CRR ギッ
ピッ BIP
109
89
DIA mmHg
86 / 61
CYCLE OFF
HIRAKAWA
Aloka Medical
2300
hypokinesis
asynergy
AOP
CAO
ピー
BIIIP

PSCHT
VSH
VSH
GLOUPS
ビク

TAC
TAC
ROI
JEU DU ROI
TEXT
CINQ MINUTES RESTANTES
--END--
MAIS...
POURQUOI ?!
VLAM
VLAM
TSUBASA A BIEN TOUCHÉ MA POITRINE, POURTANT !!
NATSUKO M'AVAIT ASSURÉ QUE J'ÉTAIS SAUVÉE !
VSH

CLING
SALE MENTEUSE !!
バタ
TAP
バタ
TAP
TAP
バタ
ZOOOON!!
ZOOOON!!
HAN
HAN

CHOCO ...
LAP
LAP
À TON AVIS...
QUELLE EST LA CHOSE LA PLUS PRÉ-CIEUSE POUR MOI ?
FRSH
FRSH

...
GLOUPS
KAÏ
KAÏ
?
CRR
VSH
NON !
PLOF
JE SUIS INCAPABLE DE TE TUER !!
PAS TOI !!
ET PAPA ET MAMAN AUSSI !
CE SONT EUX QUI M'ONT MISE AU MONDE, EUX QUI ONT PRIS SOIN DE MOI !!

ALORS J'AI TUÉ LE GARÇON QUE J'AIMAIS...
ET MALGRÉ ÇA, NATSUKO, JE N'AI PAS REÇU DE MESSAGE DE CONFIRMATION...
C'EST BIZARRE, NON ? J'AI BEAU-COUP SOUFFERT, POURTANT...
QU'EST-CE QUE JE PEUX BIEN AVOIR DE PLUS PRÉCIEUX ?
FRSH
FRSH

HAN
HAN
"CINQ MINUTES RESTANTES" ?
ÇA SIGNIFIE QUE JE N'AI PAS EXÉCUTÉ MON ORDRE ?
ALORS C'ÉTAIT QUOI, LE MESSAGE DE CONFIRMATION DE TOUT À L'HEURE ?!
KENTA !!

VRSH
ENFIN JE TE RE-TROUVE !
HEUREUSE-MENT QUE J'AI APERÇU CETTE LU-MIÈRE !
AH !
!
ALORS J'AVAIS VU JUSTE... TU AS ASSOMMÉ MIZUKI POUR T'EXPÉDIER UN MESSAGE À TOI-MÊME !
...
PLOF
MAIS QU'EST-CE QUI T'EST PASSÉ PAR LA TÊTE ?!
DIS-MOI QUE TU N'AS PAS FAIT ÇA !!
NON, PAS ENCORE...
!!

PLUS QUE 60 SECONDES !
FROM ROI
SUB JEU DU ROI
ATT
TEXT
SECONDES RESTANTES.
--END--
IL FAUT TOUT DE SUITE QU'ELLE ENVOIE SES MESSAGES !!
PARDON, NOBUAKI...

JE T'AI MENTI !
EN FAIT, J'AI DÉJÀ ENVOYÉ UN MESSAGE À NATSUKO... ET UN AUTRE À MOI-MÊME...
QU...

TU PLAISANTES ?!
SAUF QU'IL NE M'EST TOUJOURS RIEN ARRIVÉ ...
NATSUKO PRÉTENDAIT QUE MIZUKI ÉTAIT CONDAMNÉE PARCE QUE LE ROI NE PRENDRAIT PAS EN COMPTE LES MESSAGES ENVOYÉS D'UN NOUVEAU PORTABLE...
JE PENSAIS QU'ELLE ÉTAIT MAUVAISE PERDANTE... JE REFUSAIS D'Y CROIRE !
...
POF
D'ACCORD...
JE VOIS ...
JE SUIS DÉSOLÉ POUR MIZUKI, MAIS JE SUIS CONTENT QU'IL SOIT EN VIE...

ET PUIS IL Y A QUELQUE CHOSE QUE JE NE T'AI PAS DIT...
?
?!

NON... C'EST PAS VRAI !!
ROI
04/06 23:59
ATT
TEXT
JEU DU ROI
L'ÉLÈVE N° 1, KENTA AKAMATSU, L'ÉLÈVE
N° 8, AYA KURAMOTO, L'ÉLÈVE
ARUKA MOMOKI, ET L'ÉLÈVE N° 30,
YUKIMURA, SONT CONDAMNÉS À LA MORT
PAR ASPHYXIE POUR NE PAS AVOIR
EXÉCUTÉ LES ORDRES DU ROI.
--END--
CLEAR
KENTA, TU DEVAIS DONNER UN ORDRE À QUELQU'UN DE LA CLASSE...
QU'EST-CE QUE TU AS CHOISI, DÉJÀ ?!

DIS-MOI PLUTÔT ...
SI MIZUKI A REÇU UN GAGE !
...
TOI D'ABORD !
JE M'ÉTAIS DONNÉ L'ORDRE...
!
DE PROTÉGER MIZUKI !
ALORS SI ELLE MEURT, MOI AUSSI...

TU TE FOUS DE MOI ?!
QU'EST-CE QUI T'A PRIS DE FAIRE UN TRUC AUSSI STUPIDE ?!
DÉSOLÉ ...
J'AURAIS DÛ T'EN PARLER...
...
MAIS POURQUOI ?!
TU N'AVAIS QU'À T'ORDONNER DE COLLER UNE BAFFE À NATSUKO OU UN TRUC DU GENRE ET TU T'EN SERAIS SORTI !

PARDON ...
ARRÊTE DE T'EXCUSER, BON SANG !!
TU POURRAIS AU MOINS ME REGARDER EN FACE QUAND TU ME PARLES !!
DÉSOLÉ, J'EN SUIS INCAPABLE ...
!!
ABRUTI !!

KENTA !!
LAISSE, ÇA VA !
VSH
PLAF
!
TU SAIS... JE TE TROUVE INCROYABLE !
ÊTRE CAPABLE DE METTRE SA VIE EN JEU POUR UNE PROMESSE, CE N'EST PAS DONNÉ À TOUT LE MONDE !
PEU IMPORTE...
DÉPÊCHE-TOI DE ME DIRE COMMENT ÇA VA SE PASSER POUR MIZUKI !
ELLE A REÇU UN GAGE...

JE… JE VOIS…
S'IL TE PLAÎT…
TU PEUX ME LAISSER SEUL AVEC ELLE ?
FUIT
TAP
TAP
!
KENTA !!
GH…

C'EST...
PITOYABLE
...
HAN
ÊTRE MIS AU TAPIS SI FACILEMENT
...
FRSH
FRSH
KEN...
TAP
TAP
NE T'OCCUPE PAS DE MOI !
IL TE RESTE DES CHOSES À FAIRE, JE CROIS !
GLOUPS

LE JOUR VIENDRA...
OÙ TES EFFORTS SERONT RÉCOMPENSÉS !
TU DOIS Y CROIRE...
DÉSOLÉ, JE NE T'AI PAS ÉTÉ D'UN GRAND SECOURS, FINALEMENT ...
SNIF...
CRR
MIZUKI ...
FRSH
FRSH
FRSH

PARDON
...
C'EST LA FIN... JE COMMENCE À TOMBER DANS LES VAPES...
HAN
DE NE PAS AVOIR PU TENIR...
FSH
MA PRO-
MESSE
...
HMM
...

K...

KENTA ?

NON !
TU ES LÀ !
NE TE RÉVEILLE PAS, TU VAS SOUFFRIR POUR RIEN !
?!
AH !
GH...
ARGH...

M...
AAH...
MIZUKI !
AAH !
HAN
BRRR
CRR
CRR

パタ
PLOF

KENTA... TU M'AS DONNÉ DU COURAGE...
FRSH
J'AI VRAIMENT BEAUCOUP APPRIS DE TOI !
FRSH
FRSH
MAIS LAISSE-MOI TE DIRE UNE BONNE CHOSE...

CE GENRE DE SECRETS, JE N'EN VEUX PLUS !
JE PRÉFÈRE ENCORE QU'ON ME MENTE POUR ME FAIRE DU MAL...
PLUTÔT QU'ON ME CACHE DES CHOSES...
EN PENSANT QUE C'EST POUR MON BIEN !
EST-CE QUE TU TROUVES VRAIMENT ...
QU'AU FINAL...

TES EFFORTS
À TOI ONT ÉTÉ
RÉCOMPENSÉS
?!
WAAAAH !
TRLLL
TRLLL

TRLLL
05/06 00
APPEL
NATSUKO
HONDA
TRLLL
NATSUKO !!!

TRILILI
TU SAIS TRÈS BIEN QUE KENTA EST MORT !
POURQUOI EST-CE QUE TU L'APPEL-LES ?!
TRILILI
TRILILI
C'EST FINI...
JE N'AI PLUS MON TÉLÉPHONE, ALORS JE T'EMPRUNTE LE TIEN...

PLOUIIIII
TRLILI
PLOUIIIII
TRLILI
!!
...
ALLÔ ...
SALUT !
ELLE Y TIENT VRAIMENT ?

EST-CE QUE KENTA ET MIZUKI SONT EN VIE ?!
CRiii
HI HI HI !
CRR
CRR

CRR
CRR
AYA ET HARUKA SE SONT LAISSÉ MENER PAR LE BOUT DU NEZ !
C'ÉTAIT À MOURIR DE RIRE !!
...
APPEL NOBUAKI KANAZAWA
TU AVAIS VRAIMENT BESOIN DE TE SERVIR DE MON PORTABLE ?
QU'EST-CE QUE TU AS À ME DIRE ?!
CRR
LES DEUX TOURTEREAUX SONT LÀ ?
!!
OUI, HEIN ? JE PARIE QU'ILS SONT MORTS CÔTE À CÔTE !
CRR

ESPÈCE DE...
J'ATTENDAIS CE MESSAGE ASSASSIN DE MIZUKI... C'EST KENTA QUI L'A ENVOYÉ, J'IMAGINE ?
QUAND JE L'AI REÇU, JE ME SUIS DÉPÊCHÉE DE COUCHER AVEC TERUAKI POUR QUE MON MESSAGE DE CONFIRMATION ARRIVE JUSTE AU BON MOMENT !
!!
KENTA S'EST FAIT AVOIR, PAS VRAI ? IL A CRU QUE C'ÉTAIT POUR MIZUKI ?
ENFIN, IL DEVAIT ÊTRE CONTENT... IL A PU MOURIR AVEC SA CHÉRIE, APRÈS TOUT !

GRR...
ENFOIRÉE !!
HA HA HA HA HA !!

TU ES LE PROCHAIN SUR LA LISTE...
LE NOUVEL ORDRE EST UN JEU...
ET IL TE SERA FATAL, VOILÀ CE QUE JE VOULAIS TE DIRE !
BYE !
BIP
HÉ HÉ...
PSST
JE TIENS LA VIE DE NOBUAKI ENTRE MES MAINS...
QUOI QU'IL FASSE, IL N'A AUCUNE CHANCE... C'EST FINI POUR LUI !
PSST
BRR
TU NE VAS QUAND MÊME PAS...

AAH...
TU AS DIT QUELQUE CHOSE ?
NON...
RIEN...
NATSUKO... TU ME LE PAIERAS !!
TIENS ? ÇA ME FAIT PENSER...
LA DERNIÈRE FOIS, IL RESTAIT UN MESSAGE NON ENVOYÉ SUR LE PORTABLE DES 31 ÉLÈVES CONDAMNÉS...
LES LETTRES QUI S'Y TROUVAIENT FORMAIENT UNE PHRASE...
05/06 00:15
1 BROUILLON

LE PORTABLE DE KENTA CONTIENT LA LETTRE B...
CLUB D'ATHLÉTISME
05/0
SUJET
B
ET ON DIRAIT BIEN QUE ÇA RECOMMENCE !

CLAC
CLIC
NATSUKO EST CINGLÉE !
ELLE VEUT LA MORT DE TOUTE LA CLASSE, PAS SEULEMENT DE NOBUAKI !
BRRR
QU'EST-CE QUE JE DOIS FAIRE ?!
JE NE SAIS PAS COMMENT...
BAM

TERUAKI ...
QU'EST-CE QUE TU FABRIQUES ?
DIS...
BAM
TU NE SERAIS PAS EN TRAIN D'APPELER QUELQU'UN, QUAND MÊME ?
BAM
BAM

BAM
QU'EST-CE QUE TU VAS T'IMAGINER ?!
MAIS NON !!
BAM
CLANG
ARRÊTE AVEC CETTE PORTE ET LAISSE-MOI TRANQUILLE !!
CLANG
...
BON...
FSH

AH !
FSH
AAAH !!
JE TE PRÉVIENS... TU N'AS PAS INTÉRÊT À ME TRAHIR !

TRILILI
05/06 00:28
APPEL
RIONA
MATSUMOTO
ELLE ?
QUOI ?! TU VEUX MA PHOTO ?
BIP
ALLÔ...
KENTA AKAMATSU
090 XXXXXXXX
MENU
NATSUKO AVAIT RAISON, ALORS...

TU ÉTAIS AVEC KENTA !
IL FAUT QU'ON DISCUTE, TU PEUX VENIR CHEZ MOI TOUT DE SUITE ?

TU NE VEUX PAS PLUTÔT M'EN PARLER AU TÉLÉPHONE ?
NON...
PAS QUESTION !
LÀ MAINTENANT, C'EST IMPOSSIBLE... JE PEUX PASSER VERS MIDI !
ÇA TE VA ?
MIDI ?
BON, MAIS NE SOIS PAS EN RETARD !
OK ! AU FAIT, DIS-MOI...
ET NE PRENDS PAS CE TON FAMILIER AVEC MOI, JE TE PRIE !
DÉSOLÉ...
EST-CE QUE TU VEUX BIEN M'EXPLIQUER EN QUOI CONSISTE L'ORDRE D'AUJOURD'HUI ?

JE N'AI PAS MON PORTABLE ...
ET CEUX DE KENTA ET DE MIZUKI ...
NE REÇOIVENT PLUS LES MESSAGES DU ROI...
...
RIEN NE M'Y OBLIGE !
PARDON ?! TU TE FICHES DE MOI ?!
EST-CE QUE TU COMPRENDS DANS QUELLE...
PFF...
CONTENTE-TOI DE FAIRE CE QUE JE TE DEMANDE !
OK ?

CLIC
ブチ
RAPPELLE-MOI QUAND TU SERAS ARRIVÉ. JE RAC-CROCHE !
EH, ATTENDS !
TUUUT
TUUUT
DÉSOLÉ, LES AMIS ...
JE DOIS Y ALLER !
CETTE FOIS-CI, J'ARRÊTERAI LE ROI...
JE VOUS LE PROMETS !
MAIS D'ABORD ...
J'AI UN CARNET À RÉCUPÉRER !

ATTENDEZ-
MOI ICI...
TING

ガタン
VRRR
ゴトン
SI JE DEVAIS ÉMETTRE UNE OPINION QUI SYNTHÉTISE TOUT CE QUE NOUS SAVONS À L'HEURE ACTUELLE, JE DIRAIS QUE LA SEULE FAÇON DE METTRE UN TERME À CES ÉVÉNEMENTS XXXXXXXXXXXXX XXXXXXXXXXXXXXXXXXXXXXXXXXXXXXXXX. BIEN QUE XXXXXXXXXXXXXXXXX, CE SERAIT POSSIBLE, MAIS SI QUELQU'UN S'AVÉRAIT CAPABLE DE METTRE EN PRATIQUE UNE TELLE PROCÉDURE...
CE SERAIT UN DÉMON À VISAGE HUMAIN.
ガタン
ゴトン
VRRR

EXCUSEZ-MOI...
ON PEUT S'ASSEOIR ICI ?
OUI, ALLEZ-Y !
OUF... ON A DU BOL !
OUAIS !

CRR
UN DÉMON À VISAGE HUMAIN, HEIN ?

JE NE LAISSERAI PLUS PERSONNE SUBIR LE MÊME SORT QUE KENTA ET MIZUKI...
MÊME SI JE DOIS RENONCER À MON HUMANITÉ POUR ÇA !
JE METTRAI UN TERME À CE JEU...
PAR TOUS LES MOYENS POSSIBLES !!

DING DONG
OUI ?
EST-CE QUE RIONA EST LÀ ? JE M'APPELLE NOBUAKI...
CLAC
TU M'AS FAIT SACRÉ-MENT POI-REAUTER ! TU AS VU L'HEURE ?!
JE VIENS T'OUVRIR, ATTENDS ICI !
TAP
TAP
PLOF
MAIS...

OÙ TU M'EMMÈNES ? ON NE PEUT PAS RESTER ICI ?!
NON, JE NE VEUX PAS QUE MA MÈRE SE FASSE DES IDÉES !
PLOF
CRR
PFF... JE RÊVE !
ALORS, QU'EST-CE QUE TU AVAIS DE SI IMPORTANT À ME DIRE ?
JE SUIS SÛRE QUE NA-TSUKO...
A DÉJÀ PARTICIPÉ À UN JEU DU ROI !
QUOI ?!

J'AI LU SUR LE NET...
QUE CE QUI NOUS ARRIVE S'EST DÉJÀ PRODUIT L'ÉTÉ DERNIER DANS UNE AUTRE ÉCOLE !
UN INCIDENT
ENQUÊTE NON RÉSOLUE
UN SUICIDE COLLECTIF INEXPLIQUÉ
SÉRIEUX ?! QUOI D'AUTRE ?!
PAF
SURVEILLE TES MANIÈRES OU JE NE TE RÉPONDS PAS !

AH...
DÉSOLÉ !
BON, TANT QUE TU AS COMPRIS, ÇA VA !
UNE VRAIE PRINCESSE ...
DONC JE REPRENDS...
CES ÉVÉNEMENTS ONT EU LIEU JUSTE AVANT QUE NATSUKO SOIT TRANS-FÉRÉE ICI...
ELLE EST ARRIVÉE EN COURS D'ANNÉE, ELLE AUSSI ?!
COMME ÇA M'AVAIT MIS LA PUCE À L'OREILLE, J'AI CHERCHÉ DE QUEL LYCÉE ELLE VENAIT...
ET C'ÉTAIT JUSTEMENT CELUI DONT ON PARLAIT SUR INTERNET !

IL Y A DONC DEUX SUR-VIVANTS QUI PARTICIPENT À CE JEU DU ROI ?!
TU AS RAISON ...
ÇA NE PEUT PAS ÊTRE UNE COÏNCI-DENCE !
?
EH OH, JE PEUX SAVOIR À QUOI TU PENSES ?
ALORS ...
ÇA VEUT DIRE QUE ...
HMM...
FSH

PAF
ÇA T'APPRENDRA À M'IGNORER !
...
OÙ EST NATSUKO ?
HEIN ?
PLOF
CRRR
AH !
NATSUKO !!

OÙ EST-CE QU'ELLE SE TROUVE, EN CE MOMENT ?!
CRRR
MAIS...
J'EN SAIS RIEN, MOI !
RÉPONDS !
LÂCHE-MOI, TU ME FAIS MAL !!

TIENS, NOBUAKI !
QUELLE COÏNCIDENCE !
TOUT BAIGNE ?

JE...
JE N'Y SUIS POUR RIEN !
QU'EST-CE QUE VOUS FAITES ENSEMBLE, TOUS LES DEUX ?
ÇA TOMBE BIEN QUE TU SOIS LÀ...
ÇA M'ÉPARGNE LA PEINE DE TE CHER-CHER !
J'AI À TE PARLER, NATSUKO...
ON PEUT SE VOIR DEUX SECONDES EN PRIVÉ ?
D'ACCORD... J'AI HÂTE D'ENTENDRE CE QUE TU AS À ME DIRE ! ♫

CONTENT DE VOIR...
QUE TU ES TOUJOURS EN UN SEUL MORCEAU !
EH OH !
FUIT
POF
...

PARC DE BUNGO
JE T'ÉCOUTE ...
DIS-MOI...
C'EST VRAI...
QUE TOI AUSSI, TU AS DÉJÀ PARTICIPÉ À UN JEU DU ROI ?
...
QU'EST-CE QUE ÇA PEUT TE FAIRE ?
LES GENS DE TA CLASSE... EST-CE QU'ILS SONT TOUS MORTS ?
OUI, ILS SONT TOMBÉS COMME DES MOUCHES... C'ÉTAIT PRESQUE TROP FACILE !

ET À LA FIN ...
EST-CE QUE TU AS EU L'ORDRE DE TUER QUELQU'UN DE TES MAINS ?
OUI...
D'AIL-LEURS, JE L'AI EXÉCUTÉ EN BONNE ET DUE FORME !
APRÈS ÇA, TU AS AUSSI REÇU UN MES-SAGE...
QUI TE LAISSAIT LE CHOIX ENTRE AVOIR UN GAGE ET POURSUIVRE LE JEU ?
PLAF
OUI...
QU'EST-CE QUE TU AS CHOISI ?
DE NE PAS RECEVOIR DE GAGE !

LE ROI A DÛ T'ENVOYER UN AUTRE MESSAGE, ENSUITE...
QU'EST-CE QU'IL DISAIT ?!
ÇA, TU NE LE SAURAS PAS !
VOUS ÉTIEZ LÀ ?! ON VOUS A CHERCHÉS PARTOUT !
AH, DÉSOLÉE !
?!
TAP

BON, SI ON COMMENÇAIT ...
LA PARTIE ?
サク
FIUUU
サク

QU'EST-CE QUE LE ROI NOUS A RÉSERVÉ, CETTE FOIS ?
NATSUKO, JE PEUX TE DONNER UN CONSEIL, AVANT QU'ON ATTAQUE ?
?
QUOI DONC ?
SI TU ARRÊTAIS DE TE BATTRE AVEC NOBUAKI ?
CE N'EST PAS LE MOMENT POUR ÇA !
DANS LES CONDITIONS ACTUELLES, UN CONFLIT NE NOUS MÈNERA À RIEN...
ON DEVRAIT PLUTÔT COLLABORER, POUR SURVIVRE TOUS ENSEMBLE !
CONTENTE-TOI DE FAIRE CE QUE JE TE DIS...
TU SAIS CE QUI VA SE PASSER SI TU ME DÉSOBÉIS, HEIN ?

CRR
FUIT
NOBUAKI S'INQUIÈTE ENCORE POUR MOI ALORS QUE JE L'AI LAISSÉ TOMBER...
ALORS QUE J'AI FAILLI PROVOQUER SA MORT...
PAF
TERUAKI...
NOBU, JE ME SOUVIENS BIEN DE TES PAROLES, L'AUTRE SOIR DANS LE PARC...
MAIS TOI, C'EST TOUT L'INVERSE !!

JE NE VEUX PLUS JAMAIS ÊTRE LE TÉMOIN IMPUISSANT DE LA MORT DE MES AMIS, C'EST AU-DESSUS DE MES FORCES !!
JE CROIS QUE J'AI COMPRIS TON POINT DE VUE...
ET J'AIMERAIS T'APPORTER MON SOUTIEN !
RYÔ...
QU'EST-CE QUI TE PREND TOUT À COUP ?! TU ES DU CÔTÉ DE NOBUAKI, TOI AUSSI ? JE TE PRÉVIENS, SI TU...
NE T'IMAGINE PAS QUE TOUT VA SE PASSER COMME TU L'ENTENDS !
QU...
QU'EST-CE QUI VOUS ARRIVE ?

!
ASSEZ BAVASSÉ, IL EST TEMPS DE COMMENCER !
TOUT LE MONDE VA PRENDRE SA DÉCISION !
TOUT LE MONDE VA CHOISIR !
FRSH
METTEZ NOBUAKI AU COURANT DE L'ORDRE...
IL N'A PAS APPORTÉ SON PORTABLE ?!
TIENS...
REGARDE !

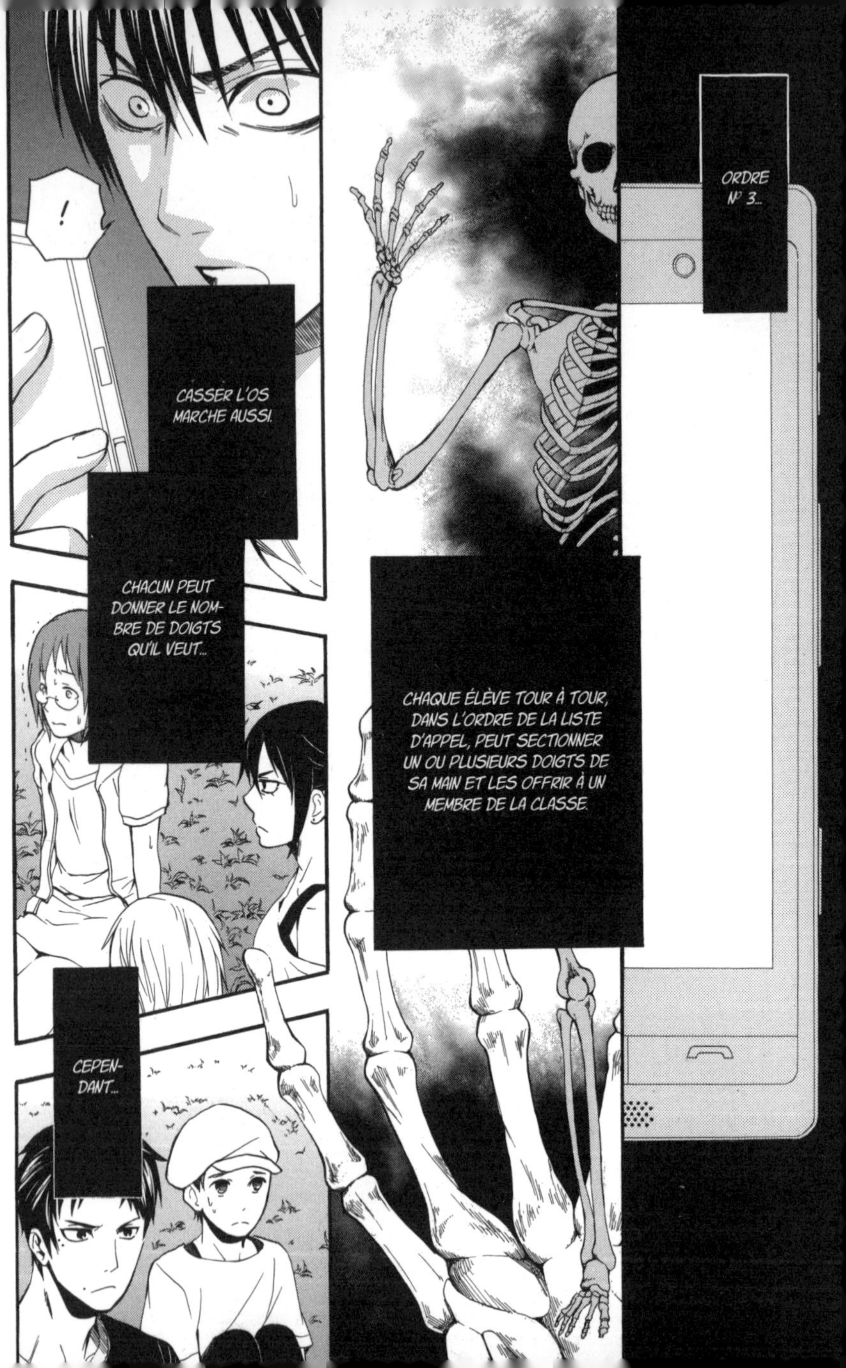
ORDRE Nº 3...
CHAQUE ÉLÈVE TOUR À TOUR, DANS L'ORDRE DE LA LISTE D'APPEL, PEUT SECTIONNER UN OU PLUSIEURS DOIGTS DE SA MAIN ET LES OFFRIR À UN MEMBRE DE LA CLASSE.
!
CASSER L'OS MARCHE AUSSI.
CHACUN PEUT DONNER LE NOMBRE DE DOIGTS QU'IL VEUT...
CEPENDANT...

DROITE : AJOUTE DES POINTS
GAUCHE : ENLÈVE DES POINTS
CHAQUE DOIGT DE LA MAIN DROITE AJOUTE UN POINT À CELUI QUI LE REÇOIT...
ET CHAQUE DOIGT DE LA MAIN GAUCHE LUI EN RETIRE UN.
+1 +2 +3 +4 +5
−1 −2 −3 −4 −5
IL EST POSSIBLE D'EN DISTRIBUER À PLUSIEURS PERSONNES À LA FOIS.
LES PARTICIPANTS DONT LE SCORE EST NÉGATIF RECEVRONT UN GAGE.
AUTREMENT DIT ...
SI ON OFFRE TOUS LES DOIGTS DE SA MAIN DROITE À QUELQU'UN, SON SCORE AUGMENTERA DE CINQ POINTS...
MAIS S'IL REÇOIT ENSUITE CINQ DOIGTS DE LA MAIN GAUCHE, SON SCORE REDESCENDRA À ZÉRO !

NORMALEMENT, ON DEVRAIT TOUS POUVOIR S'EN SORTIR !
IL EST PERMIS DE SE DONNER DES POINTS À SOI-MÊME...
ET SURTOUT, IL EST AUSSI POSSIBLE DE PASSER SON TOUR !
TSS...
MOI INCLUS, IL RESTE 11 SURVIVANTS...
DANS L'ORDRE...
RIONA
AYA
NATSUKO
TERUAKI
RYÔ
TAKUYA
YÛNA
MOI
MASATOSHI

MÊME SI JE MAINTIENS MON SCORE À ZÉRO JUSQU'À LA FIN, IL SUFFIT QU'AIMI ME DONNE UN POINT NÉGATIF ET JE SUIS CONDAMNÉ !
LA PARTIE SE TERMINE PAR CINQ FILLES...
RIONA EST PEUT-ÊTRE DE MÈCHE AVEC NATSUKO, ET ELLE EST TROISIÈME EN PARTANT DE LA FIN... EN PLUS, EN DERNIÈRE POSITION, IL Y A AIMI, UNE AUTRE AMIE DE NATSUKO...
RINA
AIMI

CELA DIT, JE M'INQUIÈTE PEUT-ÊTRE POUR RIEN... APRÈS TOUT, IL SUFFIT QUE TOUT LE MONDE PASSE SON TOUR...
ET PERSONNE NE SERA PUNI !
KIII
MAIS OUI !
SI TU ARRÊTAIS DE TE BATTRE AVEC NOBUAKI ?
FUIT
CE N'EST PAS LE MOMENT POUR ÇA !
VOILÀ CE QU'IL VOULAIT DIRE !
TOUT LE MONDE VA PRENDRE SA DÉCISION !
TOUT LE MONDE VA CHOISIR !

JE PASSE MON TOUR !
POURVU QU'ON S'EN TIRE SANS VICTIMES...
HEIN ?
NOBUAKI, À TOI !
OK...
IL N'A PAS HÉSITÉ UNE SECONDE...
EFFECTI-VEMENT, CE SERAIT L'IDÉAL QUE CHACUN FASSE COMME LUI, MAIS...
EST-CE QUE CE N'EST PAS RIS-QUÉ DE FAIRE CON-FIANCE AUX AUTRES ALORS QU'ON NE S'EST MÊME PAS CONCERTÉS ?!
!
NOBU...

QUOI ?
FAIS-NOUS CONFIANCE ...
ぽふ
PLOF
S'IL TE PLAÎT, PASSE TON TOUR...
D'ACCORD... JE PASSE AUSSI !
MERCI !
MAIN-TENANT, JE VOUDRAIS QUE TU OBSERVES LA SUITE SANS RIEN DIRE...
ぎゅ
CRR
QUOI QU'IL PUISSE ARRI-VER, OK ?!

JE PASSE MON TOUR !
JE PASSE MON TOUR !
PAREIL POUR MOI !
IL RESTE SIX JOUEURS...
TERUAKI...
NATSUKO...
AYA...
RIONA...
AIMI...
ET RINA !

QUEL CALME...
MOI QUI M'ATTENDAIS À DES SCÈNES ATROCES... DES HURLEMENTS... DES PLEURS...
ON DIRAIT UN APRÈS-MIDI PAISIBLE ENTRE AMIS...
C'EST À MOI...
VOUS ME LAISSEZ UNE PETITE SECONDE ?
JE REVIENS TOUT DE SUITE !
EH !
QU'EST-CE QUI TE PREND ?!

RESTE ICI, TOUT VA BIEN SE PASSER !
NOBU !
MAIS QU'EST-CE QU'IL COMPTE FAIRE, AU JUSTE ?!
FAIS-LUI CONFIANCE !
DÉSOLÉ ...
ON PEUT METTRE LE JEU EN PAUSE ?
QUOI ?!
POURQUOI EST-CE QUE TU AS APPORTÉ ...
CES CISEAUX ?!

CE N'EST PAS POUR TE COUPER LES DOIGTS, QUAND MÊME ?!
EST-CE QUE TU VEUX BIEN...
ALLER T'ASSEOIR SUR CE ROCHER ?
HEIN ?!
MAINTENANT ?! MAIS POURQUOI ?!
RÉPONDS, À LA FIN !!
NE T'INQUIÈTE PAS...
C'EST IMPOSSIBLE DE SE TRANCHER LES DOIGTS AVEC DES CISEAUX PAREILS !
... REGARDE ...
S'IL TE PLAÎT...
JE TE PROMETS QUE TU NE LE REGRETTERAS PAS !
JE T'EN PRIE, FAIS CE QU'IL TE DEMANDE !

カタ
BRRR
カタ
TOI AUSSI ?
…
D'AC-CORD !
FRSH
ザッ
FRSH
ザッ
…
PLAF
ドッ
C'EST BON, COMME ÇA ?
VRSH
!
?
ザ
TU N'ES PAS ALLÉ CHEZ LE COIFFEUR DEPUIS UN BAIL, HEIN ?

FRSH
NON, JE ME LAISSE POUSSER LES CHEVEUX...
HÉ HÉ... J'AVAIS REMARQUÉ !
CETTE COUPE NE MET PAS TON VISAGE EN VALEUR, C'EST DU GÂCHIS !
TU PERMETS QUE JE T'ARRANGE ÇA ?
MAINTENANT ?!
JE VOUDRAIS DEVENIR COIFFEUR, PLUS TARD...
AH BON ?
C'EST MON RÊVE, EN QUELQUE SORTE !
APRÈS LE LYCÉE, JE COMPTE ENTRER DANS UNE ÉCOLE SPÉCIALISÉE...
OH... TU ES VRAIMENT MOTIVÉ, ALORS !
CLIC
OUI, J'AI BIEN L'INTENTION DE DEVENIR UNE STAR DANS MON DOMAINE !
JE VOIS QUE TU NE MANQUES PAS DE CONFIANCE EN TOI !
CLIC

* 350 EUROS, NDT.

AH !!
DIS, TU N'AS QUAND MÊME PAS L'INTEN-TION...
DE TE BRISER LES DOIGTS QUAND TU AURAS FINI ?!
SURTOUT NE BOUGE PAS !!
NE FAIS PAS L'IDIOT ! RÉFLÉCHIS BIEN !
CLIC
CLIC
DOUCEMENT, C'EST BIENTÔT TERMINÉ !
TERUAKI !!
ESSAIE DE COMPRENDRE... JE VOUDRAIS FAIRE ÇA UNE DERNIÈRE FOIS !
CLIC

ARRÊTE !!
IL N'EST PAS TROP TARD POUR CHANGER D'AVIS !!
FRSH
FRSH
TERMINÉ !
VOILÀ...
FUIT
TERU...
JE TE REMERCIE...
VRAIMENT !

CRAC

AAAAAH!
BLA
BLA
HIII!
?!
TERUAKI
!!

AAH !
LA VACHE, CE QUE C'EST DOULOUREUX !
CRÉTIN !
QU'EST-CE QUI T'A PRIS ?!
GH... EST-CE QUE...
TA COUPE TE PLAÎT ?!
OUI, BEAUCOUP ...
HÉ HÉ !
MERCI !
!
JE T'EN PRIE... NE TE CASSE PAS D'AUTRE DOIGT, OU TU NE POURRAS PLUS TENIR UNE PAIRE DE CISEAUX ! TU NE VAS PAS RENONCER À TON RÊVE ?!

CALME-TOI...
?!
LES FRACTURES, ÇA GUÉRIT AVEC LE TEMPS... LÀ, J'EN RAJOUTE UN PEU, C'EST TOUT !
RAAAH, ÇA FAIT UN MAL DE CHIEN !
HAN
HIER, APRÈS T'AVOIR APPELÉ ...
NATSUKO M'A VOLÉ MON PORTABLE À MOI AUSSI...
HAN
ELLE M'A MENACÉ DE CASSER LE TIEN...
SI JE NE LE LUI DONNAIS PAS...
JE VAIS LES LUI RE-PRENDRE ...
LA GARCE...

ET JE LUI MONTRERAI...
QU'ON NE PEUT PAS CONTRÔLER LES GENS RIEN QU'AVEC DES MENACES !
FLOP ふら
JE VEUX LUI EN APPORTER LA PREUVE...
ET POUR ÇA ...
EH, QU'EST-CE QUE TU...
PLAF
VSH
IL ME FAUT DES POINTS NÉGATIFS !!

JE DOIS CASSER TOUS LES DOIGTS DE MA MAIN GAUCHE !!
CRRR
ILS SONT POUR TOI, NATSUKO !
VSH
VSH
STOP !!

NOOOON !!
PAF
PAF
PAF
PAF
PAF
GLOUPS
PAF
BEUH...
PAF
PAF

HAN HAN
HAN HAN
HAN
HAN
HAN
IL... IL ME RESTE...
ENCORE LE POUCE ...
ARRÊTE, ÇA SUFFIT !!
JE T'EN SUPPLIE !!

!!
VRSH
PAF
NATSUKO ...
RENDS-NOUS NOS PORTABLES ...
FRSH
...
FRSH
SINON, JE TE DONNE TOUS MES MALUS !
FSH
TU SAIS CE QUI VA SE PASSER SI TU OBTIENS UN SCORE NÉGATIF, PAS VRAI ?!

ビク
GLOUPS
IL TE FAUDRA SA-CRIFIER TA MAIN DROITE POUR LE RAMENER À ZÉRO !!
HAN
DÉCIDE-TOI VITE !!
PLIC
ポタ
PLIC
ポタ
FRSH
CES CINQ MALUS...
FRSH
FRSH
QUE TU POS-SÈDES ...
À QUI EST-CE QUE TU VAS LES DONNER ?!
...
MA MAIN GAUCHE EST FICHUE...
ELLE NE GUÉRIRA SANS DOUTE JAMAIS COMPLÈTE-MENT...

J'AI PERDU MON RÊVE ...
JE N'AI PLUS DE RAISON DE VIVRE...
TERUAKI ...
ALORS, QUELLE EST TA RÉPONSE ?!
EST-CE QUE TU ES CAPABLE DE BRISER TES PROPRES DOIGTS ?!
GH...
D'ACCORD ...
JE VAIS TE LES RENDRE, CES FICHUS PORTABLES, PUISQUE TU Y TIENS TANT !
NOBUAKI, VA LES CHERCHER...

HA HA HA
HA HA HA!

JE DONNE UN POINT À NOBUAKI !
J'EN ENLÈVE QUATRE À NATSUKO !
QUOI ?!
ET UN À AIMI !!
ORDURE !!
VU QU'ON SUIT L'ORDRE DE LA LISTE D'APPEL, C'EST À TON TOUR, MAINTENANT !!

EST-CE QUE TU AURAS LE COURAGE ...
DE TE CASSER QUATRE DOIGTS POUR T'EN SORTIR ?!
CE N'EST PAS CE QUI ÉTAIT CONVENU !!
TU DEVAIS T'ATTRIBUER LES POINTS NÉGATIFS SI JE TE RENDAIS LES PORTABLES !
JE N'AI JAMAIS PROMIS UNE CHOSE PAREILLE...
TU AS ENTENDU CE QUE TU VOULAIS ENTENDRE !
GH...
PLAF
TU PEUX PEUT-ÊTRE PASSER TON TOUR, QUI SAIT ?
IL RESTE PILE QUATRE PERSONNES, APRÈS TOUT : AYA, RIONA, RINA ET AIMI...

SI ELLES ONT VRAIMENT ENVIE DE T'AIDER...
ELLES PEUVENT TE DONNER LES POINTS QUI TE MANQUENT !
...
MOI ...
JE SOUHAITE QUE NOBUAKI RESTE EN VIE...
C'EST POUR ÇA QUE JE LUI AI OFFERT UN POINT...
LE PRÉCIEUX INDEX DE MA MAIN DOMINANTE !
PFIOU...
IL SUFFIT QUE LES QUATRE DERNIÈRES JOUEUSES TE DONNENT CHACUNE UN DOIGT ...
POUR QUE TON SCORE REMONTE À ZÉRO...
MÊME SI TU PASSES TON TOUR, C'EST UNE VICTOIRE FACILE, NON ?

VSH
PLAF
TIENS, JE TE L'OFFRE !
PLAF
ELLE EST JUSTE À LA BONNE TAILLE !
JE N'AI PAS BESOIN D'UN TRUC PAREIL !!
CRRR
GH...
GLOUPS
CRRR
JE...
JE PASSE MON TOUR ...

ON N'A PAS BIEN SAISI !
PARLE PLUS FORT, QUE TOUT LE MONDE T'ENTENDE !!
JE PASSE MON TOUR !!
HAN
HAN
HAN
HAN
HA !
TU JOUES AVEC LA VIE DES GENS ...
ET TU AS PEUR DE TE CASSER UN DOIGT ?
JE SUIS CURIEUX DE VOIR LA RÉACTION DES AUTRES...
EST-CE QU'ELLES VONT VOLER À TON SECOURS ?

GRR...
...
AH OUI ...
AU FAIT, TU SAIS POURQUOI J'AI DONNÉ UN MALUS À AIMI ?
PARCE QUE...
FUIT
ON A MIS AU POINT CETTE PETITE MISE EN SCÈNE AVANT DE COMMENCER LA PARTIE !
C'EST ELLE QUI ME L'A DEMANDÉ !

GRR...
QU'EST-CE QUE ÇA VEUT DIRE...
AIMI ?!

11 SURVIVANTS

20 MORTS

À suivre dans le tome 4 de King's Game Extreme

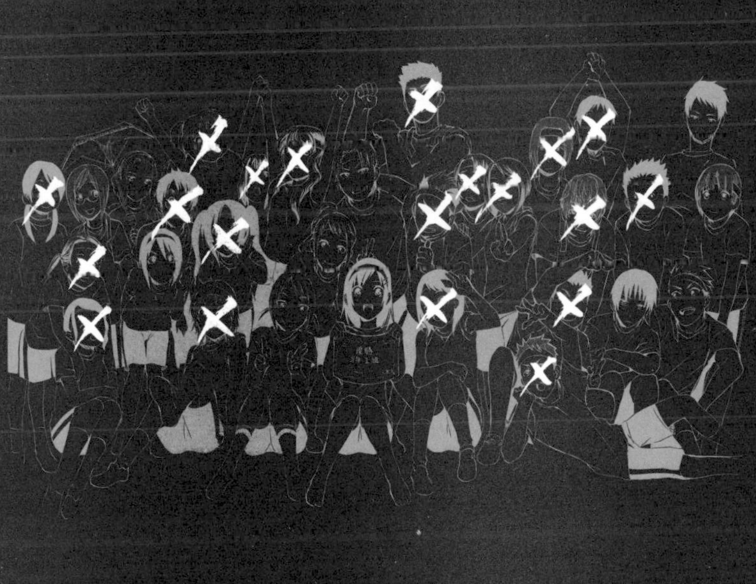

Édition française

Traduction :
Yohan Leclerc

Adaptation graphique :
Clair Obscur

ISBN : 978-2-35592-680-8
Dépôt légal : juin 2014
Achevé d'imprimer en Italie en janvier 2016 par L.E.G.O.